AF368548

COUDRIN– l'enfant noir

PLAGE DU FOZO

CHAPITRE 1 comedie

(MAMAN MAMAN) CHUUUUUT
Respire p'tit diable numéro 2
allée vien la HOP la couche
au lavage et 1 nouvelle
couche voila tes changé
allé retourne dans ton lit
(MAMAN) CHUUUUUUT
DODO Mércie MDOUME

LENDEMAIN

allée debout p'tit diable numéro 2 allée voila

en tous cas aujord;huit
tu de tien tranquille
sur tous que tu et
toutes la journée aver
l'équipe FORMULE 1
et oui pas de
comédie et aprés
demain tu passe
la journée avec
tes 2 grand frére
les grand ENCRENOIR
et ANGE NOIR en
plus du va dans
le nord pas de
calais avec tes 2 grand
fréres pas de crisse
et des comédie haut
niveaux tu sais ce
qui pourrais d'arrivé
et en plus tu a
le droit de dire
non (OUI MAMAN)

CHAPITRE 2 equipe formule 1

GROUHM bonjour
p'tit diable numéro 2
allor commen sa
va en tous cas tu
tien la forme allée
on iva allor tu fait
quoi la semaines prochaine.

HEIN je vais a paris
avec les 4 jummeaux
maléfisques ils vont
a dans tes parc
d'actraction et
en plus je suis
invictée a sortie
de la présqu'ils de
quiberon 1 semaines aprés
je suis chéz MADELEINE PALAUD
elle a pas la gardes
de ces p'tit enfants
éxcéptionnellement ils sont
partie a la
réunion en urgence
probléme de famille
en tous cas eux sont
super sympar bon
on va rejoindres les
autres pas contre
ce soir tu rentre
a 18h05 c'est BRAS DE FER
qui vien de récupéré
et qui te déposse
ensuite sur paris allée
vien on va mangé.

chapitre 3 equipe les 4 JUMMEAUX MAEFISQUES

GROUHM HELLO p'tit diable
numéro 2 allée vien
on iva et bonne nouvelle
c'est moi qui te garde
toutes la semaines
les autres on l'interdition
de dormir ou de te
changé les couches
depuis la dérniére fois
et oui Allan, Thomas
et Lucas on interdition
d'avoires égalmment
des rapport séxuélle
OK HUGO allée on
iva pas contre pas
tro de comédie
hein sa serais
dommage que je

sois obligé de
passée a la vitésse
supérieur.OUI HUGO

CHAPITRE 4 CHEZ MADELEINE PALAUD

GROUHM Hello p'tit diable
numéro 2 allor que veux
tu faire.Allée a la plage
du fozo.AUCUN problémme
allon ci pas contre
ta maman va arrivé et
oui.LK passe la semaines
avec nous on ne
sais j'amais en cas
de crisse de ta
part en tous cas
je te prévien tu
sera au lit au alentour
de 20h pas oui
la maison de dérriere
et loué incit que
le garage et l'autre
domaines PALAUD
et aussie en location
dont tu na pas vraimment
le choix hélas j'en
suis désolé de d'impossé
ce mode de vie
mais que veux
tu GROUHM Bonjour
MADELEINE PALAUD
p'tit diable numéro 2
tu dors toutes certe
semaines avec moi
et ou on va a la plage
rassuré-vous MADELEINE
PALAUD je travaille aver
vous toutes les
martinée en votre
compagnie au sein
tu relais de l'océan
et oui et puis en
bénévola ils ne font
pas ce plaintre
et puis vous ne
pouvé pas faires

a 64 ans toute seuils.

CHAPITRE 5 RETOUR A LA MAISON A BREST

GROUHM BONJOUR p'tit
diable numéro 2 allor
comment sa va hein
en tous cas des
vacance se sont super
bien passée allor
tu vien m'aidé pour
néttoyé les zones
de désincféction
et des nouvelles
arrivé et non tu
ne trouvera pas
p'tit diable numéro 4
il et sortie hier en
début d'aprés-midi
et oui il et ressortie
et en plus en
éxcellent santé.
MAIS temps fait
pas ils ya des
groupes de parisien
et parisiennes qui sont arrivé dans les bulles

aseptiques ils viennes des départemment
93.94.95 et 77 Bonne
nouvelle LK et MADELEINE PALAUD
sont en vacance la
semaines prochain
et elle font passée
dans la maison histoire
de voir ceux qui ce
passe ici et en plus
elles ramménes les
crépes il parait que
le numéro 3 de
MADELEINE PALAUD
lui a offert 1 Console
Nintendo Switch OLED
Blanche complet Sa
va elle et d'occasion
il la payes 301 euros et 56 centime.

CHAPITRE 6 mise en place des nouvelles bulles

HUM HUM PLOUFFF allée
encore 15 a placé et
a remplacé en tous
cas ils sont cons les
partient vivemment
que je retourne
en bretagne enfin
ils y'en a o moin
8 qui ont vraimment
pas de chance la
maladie des OS VERRE
franchemment je
plaint l'équipe FORMULE 1
elle qui géres aussie
1 salle d'arcarde a
quiberon et celles
maison médical
a brest enfin
j'ai hate de retourné
a portivy et j'éspére
que mes parents
viendront me
récupéré avant
le 25 juin 2026 sauf
en cas de
probléme sévére.

CHAPITRE 7   25 juin 2026

BON ils s'ent mettre
tu temps pour venir
me récupéré en tous
cas j'éspére qu'ils
              ont pas oublié GROUHM
NON p'tit diable numéro 2
je né pas oublié
que tu dois avoire 2 rapport
séxuelles aujord;huit
et pour ta couvergnience
on et 2 a s'occuppé de
toi toutes certe semaines
et la semaines prochaine
allor comment sa c'est
passée a brést avec
l'équipe LES 6 DIABLOTTIN.
SUPER bien grand
frére ENCRENOIR Parfait

CHAPITRE 8 repas de fin d'année

LES p'tit diables vous passée a la vidange a 15 h
et vous allée au lit ce soir a minuit bien
entendu vous avér pas le droit d'allée
a la plage   demain aprés-midi
vous aver rdv aver l'équipe LES 6 DIABLOTIN
et oui mais certe fois vous allée les aidé
a remplacé tous les meubles hs de l'aubérge PALAUD
l'hotel et aussie en cours de   réaménagemment
et oui l'équipe PALAUD a enfin d'éxistée de remplacé tous
les anciennne peintures en plus ce week-enk
vous s'étres avéc l'équipe de
grand numéro 4 et grand numéro 8.1
ils font a londre et comme ils
son toutes leurs capacités ils passe 3 semaines
aver grand numéro 8 et sa famille et
puis sa vous fera tu bien de changé d'air.

CHAPITRE 9 RETOUR AU MANOIR ANGEVIN

Allés les p'tit diables voila les papiers et les factures payés
et la liste du matérielle neuf que ce trouve dans les sac
et oui on vous mert a contribution
et on vous laisse montré a MUDOUME
et SEBASTIEN LE RET les cartes et les sac
remplie de bonbon et de chocolat
que vous aver gagniér a la
loterie et en plus vous
n'ave pas fait de comédit
sur tous p'tit diable numéro 2

chapitre 10   période traspiration intense nuit compliqué

OU LA les p'tit diables vous s'étre en période de transpirtation
intense dont dourches tous
les 4 h.PAS dans les autres équipes on rechange
vaux calendrié et oui ils ya pas
le choix les draps en son témoin
pas contre les supossitoires son de partie

 (MAMAN
MAMAN MAMAN)

Arrétte p'tit diable numéro 2 on sais
que tu aime pas les supossitoires ALLES dicréstion
la piscine les p'tit diables et l'équipe ENCRENOIRS arrive
vert 9 h dont on veux que
vous soyés dans

la picisne de la
cuisine mais dans celle de la veranda
vous resté dans la piscine toutes
la journée.MAMAN p'tit diable numéro 2
tu risque d'avoir 1 supossitoire allée
dans la piscine pas contre on vous
interdit d'allée a la plage pour la journée.

(20 minutes plus tard)

ALLOR les p'tit diables l'eau et borne vous
avér raison pas contre attention
on a ramenéz les gateaux au chocolat
et au fraise p'tit diable numéro 2
toi pas contre tu va au lit
a 20h30 et les 2 autres
p'tit diables vous passée
a la vidange et ce sont
les 4 jummeaux
maléfisques qui
font vaux vidanges pour 1 fois

  CHAPITRE 11 plage du fozo

OUFF a non p'tit diable numéro 2
pas de comedie tu
et prévenu certe je te
garde toutes la semaines sauf
        ci il ya encore 1 changemment de
programme et oui grand
ENCRENOIR revien vert 14h GROUHM
OUFF allée p'tit diable numéro 2
        le supositoire ou la plongé tu choisie
qui grand ANGE NOIR ou grand ENCRENOIR
        attention ci tu de trompe tans
pis allée on te laisse 3 minutes pour
choisie prend ton temps sur
tous PLOUFF ON le rejoind OK
pour 1 fois qui choisie
sans faires de comédie
ON profite de ces moments de
repit et puis pour 1 semaines
de vacance TU parle grand ENCRENOIR
vu les rapport sexuelles qu'ont
vien de subir.PAS faut ils ce
sont larchés pas contre quant
ils l'enfonce ils font de
plus en plus loin a croire qu'ils

oublie qu'ont a pas le
pouvoir de regenération rapide
contrairement a p'tit diable
numéro 2 HUM elle et bonne
il faudra peu étre qu'ont en
            parle a maman LK elle sais
comment les recardré ils faut
dit qu'elle a le mode-d'emplois
mais comment la conctaté.VIEN on
va joué aver p'tit diable numéro 2
la solution nous viendra plus tard
            en téte et puis de toutes façont
on na toutes la semaines pour la
conctatés et puis nos parent sont pas
pendant 5 jours normament avec eux
ils ya toujour des changemment de
dérniére minutes ils sont les roi pour sa
en tous cas j'éspére qu'ont aura
la paix dés qu'ils font revenir.

CHAPITRE 12 PTIT DIABLE NUMERO 2 EN PLEINE CRISSE

MAMAN MAMAN LARCHE MOI
Reste calme MAMAN AY AY AY
(PAF PAF) AH AH AH HA
HA HA HA HA HA Dans mes bras
c'est quoi certe comédie hein
p'tit diable numéro 2 sa fait
5 jours que tu et resté calme
sans faires de (MAMAN MAMAN)
Respire respire en tous cas tu
dors aver nous certe nuit hein
pas contre tu a u des baffes
(MAMAN MAMAN MAMAME)
Réspire respire fort allée revien
a nous PIF PIF PIF Merde grand
ANGE NOIR OU LA elle et super forte
mais je ne comprend pas maman
LK et la MAMAN tu peu venir
nous aidé MERDE a la nouvelles
méthode pour le gardés coopérative
ne fonctionne pas je l'ai vidangé
            il ya moin de 1h 30 et il na pas arrétte
de paniqué pas contre les nouvelles
sonde pour ces nuits pas la peine
il ne les suporte pas PARDON MERE
mais il a que des accidents de nuit

aver SEB LE RET et MUDOUME LE RET
ils nous prenez tous les 2 pour
les p'tit diables numéro 1 et 3 en
tous cas dans leurs façont de
nous punir pas vois sexuelles
c'est limite ils rentre pas nos
anus pour sortie pas notre bouche.
VOUS auréz tu m'appelle
p'tit diable numéro 2 peu me
conctaté en wi-fi.PAS faut mais on
ne vous lais pas attiré l'attention
de SEB LE RET ou MUDOUME LE RET
et depuis qu'ils n'ont plus
les p'tit diables numéro 1 et 3
ils sont beauçoup plus
sur notre dos.A LA PLAGE DU FOZO
tous les 3 ou supositoires

OUI MERE

CHAPITRE 13 DEJEUNER

ALLES les 2 grand ANGE NOIR
et ENCRENOIR a la dourche
p'tit diable numéro 2
dans mes bras et oui
tu reste dans mes bras
pas de comédie
JE vous laisse allée
prendre 1 douche
dans 1 douche pas dans
1 picisne allée p'tit diable
numéro 2 toi pas contre c'est
dans la picisne pas de
comédie et certe
aprés-midi vous allée
a la plage.

JE vous prévien vous
rentré avant 17h30
on na des invictés de
marques et certe
nuit p'tit diable numéro 2
dors aver moi il
va demain au travaille
mais sa va il posse
aver moi toutes la journée
        et en plus il va

étre infect mais il
a pas le choix

LENDEMAIN

GROUHM bon p'tit diable
numéro 2 tu reste
assie sur la chaise je te
previen a 14h05 tu
va a la plage du fozo en
tous cas tu té trés
bien tenue hier soir
allor aujord;huit tu
va travaillié avec moi.

CHAPITRE 14 FIN DE SEMAINES

GROUHM allor p'tit diable
numéro 2 tu peu allée
faires la siéste aprés tu va
a la plage les 2 grand
ANGE NOIR et ENCRENOIR vont
rentrée dans moin
de 2 heures ils seront
la a la sortie de ta
siéste a tous ta l'heure.

BON il faut que je sorte
tous les parquets cadeaux
j'espere que la semaines
va bien ce passée en tous cas
j'ai 7 perssonnes a ma charges
LES 3 ENCRENOIR les jummeaux et
le grand ENCRENOIR et
les 3 ANGE NOIR les jummeaux
et le grand ANGE NOIR en
tous cas j'éspére qu'ils
font ce tenir a carreaux j'espére
que les 2 grand ANGE NOIR
et ENCRENOIR font m'aidé
en tous cas ils font pas
étre trés content ils
faut qu'ils s'habitude a
faires la sieste l'aprés-midi.

2 HEURES PLUS TARD

GROUHM BONJOUR mére
OK les 2 jummeaux ANGE NOIR

et les 2 jummeaux ENCRENOIR
allée rejoind p'tit diable
numéro 2 a la sieste je vien
vous réveilié dans moin
de 1h30 promis vous iréz diréctemment
a la plage du fozo
bien entendu.

CHAPITRE 15 samedi a la plage du fozo

 BONJOUR les jummeaux
ANGE NOIR et les jummeaux
ENCRENOIR vous parté a la plage
dans moin de 35 minutes p'tit
diable numéro 2 tu les accompagne
je reste aver les 2 grand ANGE NOIR
et ENCRENOIR on vous prépare
les pique-nique pour ce midi
et pour ce soir.

OUFF ils son été infecte certe
nuit en tous cas ils sont
commencé a dormir a
22h12 bréfs je comprend
pour qu'elle motif
ils passe plus de temps
aver SEB LE RET et MUDOUME LE RET.
STOP on va vivre aver
eux pendant 2 semaines
mercie de m'aidé a les
remmerttre dans le
droit chemin ils sont
perdu voila pour qu'elle
motif ils sont infernal
vous save que SEB LE RET
et MUDOUME LE RET
les punir que aver des
rapports sexuelles vous
s'étre les 2 grand de
ces 2 équipes vous aver
été éducqué a vous
occuppée des 3 p'tit
diables vous allée pouvoir
les remettres sur
le droits chemin et
puis ils faut que vous
les guidé verts 1 éducation
sans rapport séxuelles

et sans supositoires.

CHAPITRE 16 reéduction des 2 jummeaux ENCRENOIR et ANGE NOIR

BONJOUR les jummeaux
ANGE NOIR allor comment
a été certe nuit SUPER bien
pas contre on fait quoi
certe aprés-midi aver tous
ce vent C'est simple vous passée
la journée aver moi pas contre
je vais vous apprendre a resté
calme et a vous passée des
rapports sexuelles et des supositoires
allor je vous laisse déjeuner
et pas contre vous ne
monté pas a l'étages les 2 grand
ENCRENOIR et ANGE NOIR
s'occuppe des jummeaux
ENCRENOIR et oui eu aussie
ont bessoin d'apprendre
a resté calme et a vous
passée des rapports
sexuelles et des supositoires
et p'tit diable numéro 2
reste en bas aver nous
et je vais vous aidé
grace a p'tit diable numéro 2
a étre calme et a
pas cedé a la facilité
jors les rapports séxuelles
et les supositoires.MAIS mére
ils nous imposse justemment
que les maniéres forte
icompris quant ils ya pas
bessoin d'arrivée la
plus part de temps a
des rapports séxuelles et pour
les mini-crisse ils nous imposse
d'incéré directemment les
supositoires d'offices mémes a
l'époques des p'tit diables numéro 1
        et 3 on nous impossais directemment
les supositoires et les seuils
fois ou ont na refussé c'est
nous qui a vont u les
rapports séxuelles.

CHAPITRE 17   1 essais

BON p'tit diable numéro 2
allé vien ici s'il te p'lait
voila bon tu veux mangé
quoi voila 3 entrée tu
          choisie quoi pas contre
tu garde ta couches et
non je ne te laisse pas
tranquille.ET oui on et
2 a s'occuppée de toi en plus
tu a pas de chance il
ya du vent toutes la journée
dont pas de plage et oui la

(MAMAN MAMAN MAMAN)
CHUUT

réspire réspire

 (MAMAME MAMAME) CHUUUUUUUUT
CHUUUUUUT regard moi

    (MAMAME MAMAME)

allée dans mes bras HUM pas

contre on va changé ta
couche pas contre il
faudrat peu-étre que tu
mange ton entréé
HUM HUM HUM Allée mouche
toi YOP YOP voila 1 bonne
couche propre.BON maintenant
on te laisse mangé.BRAVO les
2 jummeaux ANGE NOIR sans vous
énérvé excellent vous s'étre
tous les 2 sur la bonne vois
pas contre ils va valoir
réspecté SEB LE RET et
MUDOUME LE RET en prochaine
étape et oui mais je les ai
invicté a venir mangé
dans 4 jours et oui on
na 4 jours devant nous
pour vous remmerttre
dans la bonne vois.

 CHAPITRE 18   les jummeaux ENCRENOIRE

Bon maintenant a la siéste
tous les 3 (OUI mére) vous
dormé dans certe chambre.
ALLOR les 2 grand ANGE NOI
et ENCRENOIR comment sa
c'est passée.SUPER bien
on na pas mal dicusté et on na
réussir a les convaincre d'arrétté
les rapports séxuelles et
les supositoires comme punition
mais malheureussemment
les 4 JUMMEAUX MALEFISQUES
eu aussie sont tombé dans
le coté osbcure et ils sont
asséx agréssife.OUI on va devoir
les aidé eux aussie mais pour
l'instant on s'occupe des
jummeaux ENCRENOIR et ANGE NOIR
on na encore 4 jours avant
que SEB LE RET et MUDOUME LE RET
arrive pas contre on
va devoir acceléré 1 peu
heureussemment que
les cliniques JEANNETTE
et JEANNE LE RET.

15 minutes plus tard

ALLEE les jummeaux ENCRENOIR
allée a la siéste dans
la chambre du haut et
oui vous dormé ce soir
avec les jummeaux
ENCRENOIR mais pas
certe aprés-midi a
tous ta l'heure les jummeaux
ENCRENOIR allée les
2 grand ENCRENOIR et
ANGE NOIR venéz
m'aidé ils faut préparéz
les repas et les p'tit déjeunér.

CHAPITRE 19 les 4 jummeaux malefisques

GROUHM BIENVENU les
4 JUMMEAUX MALEFISQUES
allor comment sa va.
ON va trés bien on fait

quoi ici doucemment Thomas ?
TRES simple vous
s'étre en vacance et
égalmment en soin phsicologisque
et je vous écoute ci
vous aver pleins de probléme
de corportemment aver
SEB LE RET et MUDOUME LE RET
allée ci assiér-vous sur
le canapé je vous écoute.

APRES 2 HEURES DE DISCURTION
AVEC L EQUIPE LES 4 JUMMEAUX MALEFISQUES

 BON je vous proposse 1 pausse
Hugo, Allan, Thomas et Lucas
je vous laisse allée prendre
tu cafés et vous pouvé allée
rejoindre les équipes ENCRENOIR
et ANGE NOIR.je revien
OUFFF merde 2 heure a les faires
crachéz le morceaux bon
je sais ou sa coince maintenant
je peu les remmerttre dans
les bonne vois ANUBIS BRAS DE FER
IVON et SAMOURAYS GROUHM
Bonjour LK désolé ils
sont tous en vacance malheureussemment
tu na que moi.PARFAIT YARANE
en tous cas sa fait plaisir
de te revoir sa fait au
moin 1 MOIS sans conctate
mais j'ai réussir a me
libéré de mes obligation
GROUHM OUFF JE SUIS enfin disponnible
bonjour YARANE et oui
LK méme dans mes congé
je peu venir de voir allor on
s'occuppe de qui ? DES 4 jummeaux
maléfisques je n'arrive pas
a les remerttre en place
dans la bonne vois ils
sont grachéz le morceaux
de ce qu'ils avais sur
la conscience sa ma
pris 2 heures mais o moin
c'est fait je vous les

laisse je vais faire 1 sieste

CHAPITRE 20   VIDANGE COMPLIQUE

BONJOUR l'équipe des
4 JUMMEAUX MALEFISQUES
allor comment sa va certe
aprés-midi vous venéz avec
nous pour les heures de
relachemment physiques c'est
jusqua 14h15 non vous
ne verréz pas p'tit diable
numéro 2 et les 2 équipe
ENCRENOIR et ANGE NOIR
ils sont a la plage du
fozo vous s'étre prés GROUHM Bon
on vous laisse prendre
place voila vou s'étre prés
on commence réspire fort
plussieurs fois son néccésaire
pour arrivé a vous concentré
bien entendu.QUESTION comment

ce fait t'ils que nous 4 on
né pas a la plage du fozo aver
les autres équipes ? Dabord
ils faut vous détende et ensuite
on vous déposse a la plage
promis on vous laissera sur
la plage en rentrant allée
concentré vous sur votre
séance de détendre

25 minutes plus tard

BON les 4 JUMMEAUX MALEFISQUES
on vous déposse a la plage
et on vous laisse sur la plage
tu fozo GROUHM OUFF enfin
sur la plage du fozo OOO
IL FAIT super froid je pense
qu'ils sont rentré Thomas.
BONNE idée allée on rentre
j'éspére qu'ont va pouvoir
joué aver les bonne d'arcardes.
MAIS ils ya pas de borne d'arcarde
sur portivy Hugo et Allan
mercie de me rappelléz ce détails

EUU BLOM Lucas Lucas reveille toi
Lucas PERE A L AIDE GROUHM JE
l'ai MUDOUME vien m'aidé il
et en arrét cardiaque
VOUS 3 GROUHM GROUHM
MERDE il lui arrive quoi
AUCUNE idée en tous cas son
coeur et repartir je pense
qu'il a tro de laves noir
en lui ? QUESTION comment on
lui enléve le sur plus
de laves.IL ya 1 perssonnes
qui a le pouvoir de vidéz
1 humain p'tit diable numéro 2
GROUHM Encore en train
de mangé dit p'tit diable numéro 2
toi et tes fréres les p'tit
diables numéro 1 et 3 quant
vous aver modifie les
4 JUMMEAUX MALEFISQUES
vous auriéz pu vous dit
a l'époque qu'ils leurs valait
1 autres anus les étre
hummain normaux on
1 seuils anus comme tu a
des doigts plus fin que nous
les 3 adultes.J AIME pas
quant le p'tit diable numéro 2
PLU PLU PLU Mércie p'tit
diable numéro 2 en tous
cas il remplie autant de
glaciéres que les 3 p'tit diables
JE n'arrive pas a croire
que avec 1 seul anus

LK ma chérie je te r'appelle
que les 3 p'tit diables on
1 peu d'inteligence seuilement
ils sens serve que pour faires
des caprices sur tous celuis
la les 2 autres eux sans
son sérvie pour faires des
gosses aves des putain
et aujord;huit aprés plus
de 15 ans de procédure
ils assumme enfin leurs
roles de pére et grand-pére

en méme temps dont on
ne les a pas souvent au
pattes mais o moin ils
sont pére et grace a mamie FUSSION
        ils sont des séance
d'hypnose réguliéres.JE vous
r'appelle tous les 2
que vous aver manqué
d'intelligence pour tous
vaux autres enfents ils
ya 11 équipas qui avait bessoin
de vous en temps que pére
et tonton certe je vous
ai demandé le divorce
a 1 époque et on sais remis
ensemble j'avais éspéré
que sa vous sérve de
leçont et non vous aver
été des tyrans aver 11 autres
équipes qui composse
l'équipe LE RET et de ce
faite vous aver perdu 2 p'tit
diables sur 3 ils ne vous reste
que p'tit diable numéro 2
et vous ne faite rien
pour le gardé la preuve.

CHAPITRE 21 Lucas DE RETOUR

GROUHM bonjour les équipes
ENCRENOIR ANGE NOIR et
les 3 JUMMEAUX MALEFISQUE
GROUHM OUFF on préfére
quant vous s'étre 4 désolé
de vous avoir fait peur pas contre
les 3 JUMMEAUX MALEFISQUE
a 4 pattres oui vous aver des laves

noir en tro dans vote corps
rassuréz-vous c'est p'tit diable
numéro 2 qui s'occuppe
de vous vidangé il a la
mains vert pour ce jors de
vidanges c'est bon Lucas
a pas fait de caprices sois
on vous vidanges sois l'arrét
cardiaque et pas quéstion de

vous réanimé tro de risque
de vous transformé en légumes
les équipes ENCRENOIR et
ANGE NOIR supositoires
ou plage du fozo vous choisisé
PLAGE DU FOZO GROUHM
Ta vu ma chérie on leur
a demandé leurs avis
AYYY AYYY AYYYYY AYYYYY
RESPIRE RESPIRE les 3 jummeaux
MALEFISQUES c'est biento
fini les glaciéres sont
quasimment pleines bon
en tous cas vous s'étre
hyspert sensible et en
plus vous aver pas de
relation séxuelles ou
des supositoires aprés vaux vidanges.

CHAPITRE 22 p'tit diable numéro 2

2 jours plus tard

OUFF allor comment sa va les
4 JUMMEAUX MALEFISQUES
en tous cas vous aver fondu
tous ces kilos en moin trés
impréssionnant MAMAN MAMAME
CHUUUUUT CHUUT RESPIRE
p'tit diable numéro 2 allée
calme toi c'est trés bien
reprend toi voila allor
comme sa tu ne fait pas
d'éffort aujord;huit hein
il et vrais que tu te tenue
a carreaux pendant 15 jours
allée vien direction la
douche pas de comédie
                    en plus tu a de la chance
regard qui et la pour
prendre la dourches avec
toi les jummeaux
ENCRENOIR et ANGE NOIR
je vous le laisse les gars
pas de bétisse et ne
joué pas aver les savon
on et juste a coté
au cas ou dont pas

de bétisse a tous ta l'heure.

WOUHA en tous cas c'est
super bien gérés bravo
les 2 grand ANGE NOIR
et ENCRENOIR mére nous
a remis les pendules
a l'heure et nous a formé
a controlle p'tit diable
numéro 2 incist que
les jummeaux ANGE NOIR
et ENCRENOIR et égalmment
a punir p'tit diables numéro 2
sans les rapport séxuelles
ou les supositoires.ET aussie
a vous pardonné pour
la mauvais éducation que
vous nous avais donné
elle nous a tous dit tu
fait que vous aver grandit
                    et vécue en famille
d'accueils alcoolisé et super
violent et aussie les viols
en réunion que vous subicé
quant vous étié jeunes et
le fait que ci vous dormiér
aver nous c'étais 1 forme
de protection pour vous.
VOUS parté a la plage certe
aprés-midi aver LK et
les 4 JUMMEAUX MALEFISQUE
incit aver vaux 2 équipes
enmmenéz p'tit diable
numéro 2 aver vous
on s'occuppe de préparé
le repas le gouté et
aussie le dinér LK part aver vous
OUI TONTON OUI PERE

MUDOUME vien il faut
qu'ont parle SEB je sais
ceux que tu va dit mais
o moin ils saves enfin
la vérité je suis
reconnaissant a LK d'avoires
révélé certe vérité.

CHAPITRE 23 LES 3 P TIT DIABLES

GROUHM OUFF on et
enfin en vacance.
allor les p'tit diables
numéro 1 et 3 comment sa
va en tous cas vous
aver perdu pas mal
de pois mais dit-nous
comment ce fait t'ils que
vous soyés ci fin.ON ne
sais pas on et super
fatigué en ce moment
grand YEUX NOIR Pardon la
ya 1 gro probléme TONTON GROUHM
OU LA ils sont super tro fin.
ILS nous ont appelle
grand YEUX NOIR Fini
les vacance pour vous 2 les
p'tit diables numéro 1 et
3 GROUHM P'tit diable
numéro 2 toi en tous
cas tu tien la forme tu
reste aver tes 2 grand frére
ANGE NOIR et ENCRENOIR
allée on vous laisse
tranquille GROUHM LK
oui je suis merde ils
sont super tro fin
allée dans le lit bleu
les p'tit diables numéro 1
et 3 MUDOUME GROUHM
WOUHA c'est 1 blagues.
ILS sont dans 1 éta sévére.
EN tous cas ils sont en pleins
délires je craind qu'ils sont aussie
atteind de diabétes en
tous cas leurs orgarnes sont
atteind je pense qu'ont
va devoir travaillié beauçoup
plus GROUHM il va ou.
CHERCHE mamie FUSSION et
FUSSION il et super énérvé
je te prévien il risque
d'étre en panique pendant 3 jours.
MERCIE MUDOUME.

CHAPITRE 24 EXPLICATION

GROUHM SEB MOLO MERDE
ils sont dans certe éta
depuis combien de temps 4 jours.
OK ils ne sont pas venus
a leurs séances d'hypnose
pendant 19 mois.C EST 1 blagues.
ILS sont arrétte toutes
les séances mais ils étais
beauçoup plus gros.LEURS organes
on commencé a larchés.
MAIS je croyés que vous
aver les pouvoir de regénération.
QUANT ils font le bon pois
oui ils sont toutes leurs
capacités ils ne survivront
pas a certe nuit en
tous cas j'éxige qu'une enquétes
sois ouverte toutes ton
équipes et mobilisé toutes
les équipes qui composse
l'équipe LE RET sont sur
le terrain et je récupére
les enfants des 2 p'tit diables
numéro 1 et 3.MA mére et
dans le coma depuis 3 mois
j'ai perdu le controle aprés
GROUHM MERE MERCIE DESOLE SEB
je suis au courant et je
ne sais pas ci sa peu vous sérvire
mais c'est lié a la dérniér
vidanges que j'ai pratiqué
sur eux 1 fort odeux
et je ne sais pas ce qui
c'est passée ensuite.LK LES
4 SUPER NANA GROUHM OUI
grand-mére ils font pas
bien hum hum je vois
ils sont tro faibles GROUHM
Elle et partie ou
CHERCHEZ des vitamines.

CHAPITRE 25 POT DE NUTELLA

TONTON a tu vu p'tit diable
numéro 2 GROUHM p'tit con
tu a trouvé le moyen
pot de nutella pas trés

intteligent bon je pense
que tu va devoir éxpliqué
a MUDOUMEle fait qu'il
manque 1 pot de nutella
PAS la peine il a réveillié
les 2 gro dormeurs eux
on repris des vitamines
et sur tous du pois
dont ils sont bien réveilié
mais je pense que les
crépes sa sera sans
les pots de nutella
et o fait nos arriére-p'tit
enfants sont chéz
l'équipe PALAUD histoire
de les faires 1 peu travaillié.
BONNE idée MUDOUME mis
on avais pas des
médicalmment a donné
au p'tit diables numéro 1
et 3 Cl mais p'tit
diables numéro 2
et passée avant nous
remarque ils sont
pris leurs traitemment aver p'tit
diable numéro 2 d'aillieur
tu a oublie de donné
1 médicalment a tes 2 fréres
et oui les supositoires pour
adultes MAMAN CHUUT TIEN
grand ANGE NOIR on
te le laisse tu peu allée
a la plage aver lui.
MAMAN MAMAN téleporte
nous a la plage p'tit
diable numéro 2 au
lieux de t'énérvé.

Composition de couverture COUDRIN

DÉPÔT LÉGAL: 1 DECEMBRE 2022